AF343240

RENOU ET MAULDE

IMPRIMEURS DE LA COMPAGNIE DES COMMISSAIRES-PRISEURS

rue de Rivoli, 144.

CATALOGUE

DES

TABLEAUX

ET

DESSINS MODERNES

Gravures, Livres à figures, Curiosités et Objets divers

PROVENANT DU CABINET

DE FEU M. J*** GRAVEUR

Dont la Vente aura lieu

PAR SUITE DE DÉCÈS

HOTEL DROUOT

SALLE N° 3

Le Mardi 16 Janvier 1872

À DEUX HEURES PRÉCISES

Par le ministère de M° **ALPHONSE DERNIS**, Commissaire-Priseur,
à Paris, rue d'Hauteville, 72,

Assisté de **M. FRANCIS PETIT**, Expert, rue Saint-Georges, 7,

EXPOSITION PUBLIQUE

Le Lundi 15 Janvier 1872, de une heure à cinq heures

PARIS — 1872

CATALOGUE

DES

TABLEAUX

ET

DESSINS MODERNES

Gravures, Livres à figures, Curiosités
et Objets divers

PROVENANT DU CABINET

DE FEU M. J***, GRAVEUR

Dont la Vente aura lieu

PAR SUITE DE DÉCÈS

HOTEL DROUOT

SALLE N° 3

Le Mardi 16 Janvier 1872

A DEUX HEURES PRÉCISES

Par le ministère de M° **ALPHONSE BERNIS**, Commissaire-Priseur,
à Paris, rue d'Hauteville, 72,

Assisté de **M. FRANCIS PETIT**, Expert, rue Saint-Georges, 7,

EXPOSITION PUBLIQUE

Le Lundi 15 Janvier 1872, de une heure à cinq heures

PARIS — 1872

CONDITIONS DE LA VENTE

Elle sera faite au comptant.

Les Acquéreurs paieront CINQ POUR CENT en sus des prix d'adjudication.

TABLEAUX

—

ADAM (L.)

1 — Marchande de fruits, à Naples.
2 — Jeune Fille faisant un bouquet.

CHARLET

3 — Le Mari gourmandé.

CICERI

5 — Chemin dans un bois.

DEBUCOURT

6 — Intérieur flamand.
7 — Jeune Paysane.

DROLLING

8 — Paysan endormi près de son chien.

FÉRON

9 — Horace Vernet pêchant aux étangs de Saint-Cucufat.

FLERS

10 — Environs de Dieppe.

GOUPIL

11 — Un Puritain (Étude).

GRENIER

12 — Le Départ du fermier.

13 — Le Retour à la ferme.

LAMBERT

14 — Les deux Pigeons.

15 — Chiens au chenil.

LECOMTE-DUNOUY

16 — Fidélité.

LEMMENS

17 — Vue d'Ormoy ; soleil couchant.
18 — Environs d'Ormoy.

LEULLIER

19 — Lion et Serpent.
20 — Lion dans la montagne; effet d'orage.

MEISSONNIER

21 — Un Savant (Tableau inachevé).

MULLER (Ch.-L.)

22 — Jeune fille accoudée, tenant une rose à la main.

NOEL (Jules)

23 — Chaumière en Normandie, soleil couchant.

RICHARD

24 — Paysage au printemps.
25 — Paysage a l'automne.

SCHLESINGER

26 — La Paresseuse.

SCHWEGMANN (1810)

27 — Bouquet de fleurs sur une table de marbre.

TASSAERT

28 — Elle a trop aimé le bal!

ÉCOLE FRANÇAISE ANCIENNE

29 — Petite Baigneuse.

ÉCOLE FRANÇAISE MODERNE

30 — Ruelle bordée de maisons et aboutissant à une
       rivière.
31 — Lac et Montagnes.

AQUARELLES ET DESSINS

—

32 — ADAM (Hippolyte). Paysage (Sépia).

33 —   ID.   Marine (Aquarelle).

34 —   ID.   Oiseau (Aquarelle).

35 — ADAM (Victor). Deux Scènes indiennes (Sépia).

36 — BEAUMONT (E. de). Un Domino rose (Aquarelle).

37 — BÉRAUD (Antony). Paysage (Plume).

38 — BELLANGÉ (Hippolyte). En retraite (Dessin).

39 — BLONDEL. Italienne et Enfant (Sépia).

40 —   ID.   L'Enfant et la Fortune (Sépia).

41 — BOISSIEU (de). Jeune Garçon (Plume et lavis).

42 —   ID.   Jeune Homme (Lavis).

43 —   ID.   Deux Feuilles, croquis (Sépia).

44 — BONNINGTON. Deux Croquis (Sépia).

45 — BOUTON. Paysage (Sépia).

46 —   ID.   Deux Intérieurs (Sépia).

47 — BRÉMONT. Paysage, deux études (Dessin).

48 — CHARLET. Femme du peuple (Sépia).

49 — CICERI (Père). Paysan (Aquarelle).

50 —   ID.   Deux Paysages (Aquarelle).

51 — COLIN. Turc fumant (Sépia).

52 — COLLIGNON. Marine (Aquarelle).

53 — DAGUERRE. Trois Intérieurs de cloîtres (Sépia).

54 — DEBUCOURT. La Laitière (Sépia).

55 —   ID.   L'Escamoteur (Aquarelle).

56 — DAVID (Jules). Page et Châtelaine (Aquarelle).

57 — DECAMPS. Les Singes forgerons (Dessin de couleur).

58 —   ID.   Femmes de Marseille (Dessin).

59 —   ID.   Marchand de cochons (Dessin).

60 —   ID.   Vues diverses, cinq croquis (Dessins).

61 — FLEURY (Léon). Vues diverses sept dessins (Crayons).

62 — FRAGONARD. Animaux près d'une fontaine (Sépia).

63 — GARNERAY (Louis). Marine (Sépia).

64 — GIRARDET et MASSARD. Cinq Portraits (Dessins).

65 — GIROUX (Achille). Eylau, étude de cheval (Dessin).

66 — GUDIN. Intérieur de forge (Sépia).

67 — GOSSE. Paysage italien (Sépia).

68 —   ID.   Intérieur (Sépia).

69 —   ID.   Bergère (Aquarelle).

70 —   ID.   Figure d'Amour (Dessin).

71 —   ID.   Quatre Figures (Dessins).

72 — INGRES, 1807. Femme romaine (Sépia).

73 — LAZERGES. L'Abandonnée.

74 — LECOMTE (Hippolyte). Le Renseignement (Aquarelle).

75 —   ID.   Jument et son Poulain.

76 —   ID.   Officier de hussard (Aquarelle).

77 — LEGRAND (1779). Jeune Femme jouant de la guitare

78 — LEPRINCE (Xavier). Cinq Paysages (Sépia).

79 — MAYER (Auguste). Combat naval (Sépia).

80 — MEISSONNIER. Officier républicain (Plume).

81 — ID. Un Raffiné (Plume).

82 — ID. Un Lansquenet (Dessin).

83 — MASSARD. Soubise, Richelieu, Luckner et de Vaux (Dessins).

84 — MOREAU. Le Repas champêtre (Aquarelle).

85 — ID. Les Baigneuses (Aquarelle). .

86 — NICOLLE. Vue du Colysée, à Rome (Aquarelle).

87 — ID. Le Portique d'Octavie (Aquarelle).

88 — ID. Deux Vues de Rome (Plume).

89 — ID. Fontaine près de Rome (Aquarelle).

90 — ID. Intérieur, étude (Sépia).

91 — PALMÉRIUS. Le Coup de vent (Lavis).

92 — PHILASTRE. Deux Paysages (Sépia).

93 — SHEPPARD. Cabanes (Sépia).

94 — SWAGERS (Élisa). Ninon de Lenclos (Dessin).

95 — SCHOPIN. Deux Études (Dessins).

96 — TAYLER. Diligence anglaise (Aquarelle).

97 — TRUCHET. Intérieur de cloître (Sépia).

98 — TROYON. Paysages (trois grands Dessins).

99 — ID. Figures et animaux (onze Dessins).

100 — VERNET (H.). Grenadier en faction (Aquarelle).

101 — ID. Le Colonel Combes (Dessin).

102 — VERNET (Carle). Chasseur à cheval (Aquarelle).

103 — ID. Jockey à cheval (Aquarelle).

104 — ID. Cheval en liberté (Sépia).

105 — VOLLON. Portrait, d'après Rembrandt (Dessin).

106 — VOLLON. Vue d'une ville ; effet de nuit (Dessin).

107 —   ID.   Intérieur de cloître (Dessin).

108 — WATTIER. Femme lisant (Sépia).

109 — WORMS. Le Loto des zouaves (Sépia).

110 — ÉCOLE FRANÇAISE. Mme Élisabeth (Dessin).

111 —   ID.   Concert d'enfants (Lavis).

112 —   ID.   Mme Récamier (Dessin de couleur).

113 —   ID.   La Députation de Bordeaux offrant la couronne à Louis XVIII, au château d'Artwell (Aquarelle).

114 — ECOLE FRANÇAISE. Une Rue de Valenciennes (Aquarelle).

115 —   ID.   L'Entrée de Napoléon Ier à Amsterdam (Aquarelle).

116 — Albums et Livres de croquis de J. Vernet et Debucourt.

GRAVURES

117 — MERCURI. Les Moissonneurs, d'après L. Robert.
(Avant la lettre.)

118 — MEISSONNIER. Le Fumeur (Eau-forte).

119 — DEBUCOURT. La Rose mal défendue.

    ID.   Le Billet doux.

    ID.   L'heureuse Famille.

    ID.   Le Chat aux aguets.

    ID.   Le Compliment.

    ID.   Les Courses du matin.

    ID.   Divers autres sujets.

120 — JAZET. Les Cosaques à Paris, d'après Sauwerveid..

121 — CALAME. Son œuvre. Belles épreuves.

122 — GREVEDON. Têtes de femmes, un album.

123 — Portefeuilles de gravures.

124 — Lithographies diverses.

125 — Gravures anglaises encadrées.

126 — Livres à figures.

127 — Vignettes anglaises pour Walter-Scott et Shaks-
peare.

CURIOSITÉS ET OBJETS DIVERS

Renou et Maulde, imprimeurs de la Compagnie des Commissaires-Priseurs,
rue de Rivoli, 144.   15705

RED. :

20

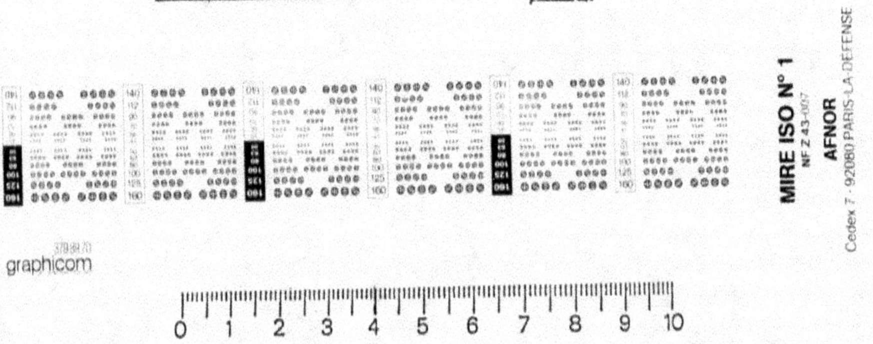

BIBLIOTHEQUE NATIONALE DE FRANCE

****

CHATEAU DE SABLE

1995

9 782329 240657